LA PAREJA DEL DRAGÓN

La serie de El libro del Clan–Libro-3

Por:Lea Larsen

Indice

Capítulo Uno 5
Capítulo Dos 12
Capítulo Tres 21
Capítulo Cuatro 25

Copyright © por:Lea Larsen

Todos los derechos reservados. Ninguna parte de este libro puede ser usada o reproducida en ningún

de cualquier manera sin permiso por escrito del autor, excepto en el caso de citas breves incluidas en artículos críticos o revisiones

Aviso:

La información presentada en este libro representa los puntos de vista del editor a partir de la fecha de publicación. El editor se reserva el derecho de actualizar sus opiniones en función de nuevos

Condiciones Este informe es sólo para fines informativos. El autor y el editor no aceptan ninguna responsabilidad por cualquier responsabilidad derivada del uso de esta información. Mientras

se han realizado todos los intentos para verificar la información proporcionada aquí, el autor y el editor no pueden asumir ninguna responsabilidad por errores, inexactitudes u omisiones. Cualquier similitud con personas o hechos no son intencionales.

Capítulo Uno

"Ahora no existe ninguna duda sobre el tema de aparearse con la chica".

Su madre paseaba freneticamente de un lado a otro frente a una larga ventana con cortinas en su dormitorio. Era la tarde, casi una semana después de la muerte de su hermano. Desde entonces, Llewellyn había podido ver a Alana solo una vez. A la mañana siguiente, él subió a su habitación para asegurarse de que ella estaba bien. Ella le aseguró que lo estaba.

"No te preocupes por mí", dijo. "Puedo hacerme cargo de mí misma. En este momento debes cuidar a tu madre.
Era fácil fingir que por eso el se había alejado de su habitación. Por qué él había enviado todas sus comidas con terceros y no las había llevado en persona.

La verdad es que el tenía miedo de enfrentarla. Temía enfrentar las noticias que sabía que venían. Tenia miedo de enfrentar lo que su madre finalmente le estaba diciendo ahora.

"No veo por qué no", dijo Llewellyn en voz baja. Su madre detuvo su frenética caminata y lo miró con una expresión llena de furia en lo profundo de sus ojos.

"¿Ah no?" Preguntó ella. "La muerte de un miembro del clan no es poca cosa. Y la muerte de tu hermano no debe tomarse a la ligera. Especialmente no cuando su muerte vino de tu mano."

"No lo tomo a la ligera", dijo Llewellyn a la defensiva. "Pero, yo sostengo que Owain fue el único culpable de su propia muerte. Él fue quien irrumpió en la habitación de Alana cuando tú y yo lo habíamos prohibido. Él fue quien intentó...

Se interrumpió, todavía incapaz de decir la palabra. Incapaz de confrontar lo que casi le pasó a Alana, lo que su hermano casi le hizo sufrir.

"Lo sé", dijo su madre más en voz baja. Se podía sentir la comprensión en su voz. "Pero el clan no lo va a ver de esa manera".

"Si el clan necesita alguien a quien culpar, entonces permíteme que yo sea el cargue con la culpa ", dijo Llewellyn desesperado. "Soy fui quien dañó el ala de Owain. Yo fui el que lo empujó por la ventana. Debería ser castigado por su muerte".

"Tú eres el líder del clan", dijo su madre. "Alana no es más que una chica Arefol. No pensarán castigarte cuando decidan verla a ella como mucho mas que culpable de la muerte de tu hermano ".

Llewellyn se levantó lentamente de su silla de madera y caminó detrás de la misma. Agarró la parte de atrás de la madera fría, apartándose de su madre.
Él sabía que ella tenía razón. El clan no escucharía sus razones. No castigarían a uno de los suyos cuando había sangre de Arefol lista y esperando ser culpada y derramada.

No, las únicas dos opciones que quedaban para Alana eran la muerte o una vida de esclavitud sexual. Esto último sería visto como un castigo suficiente. Y, los impulsos de los hombres del clan eran lo suficientemente fuertes como para permitirse pasar por alto la muerte de un miembro de su clan.

Si ella no aceptaba convertirse en un consorte para el clan, y Llewellyn estaba convencido de que nunca, jamas le permitiría a ella aceptar tal destino, la única otra opción era la muerte. En la noche de la luna llena, los hombres del clan tendrian o su lujuria por placeres carnales o a su lujuria por sangre satisfecha. No se podria evitarlo. A menos que...

"¿Y si ella desapareciera antes de la ceremonia?", Dijo Llewellyn, mirando a su madre por primera vez. Ella lo miró con la boca fruncida.

"Sabes que eso es imposible", dijo. "La encontrarían a donde ella vaya".

"No si ella desaparece durante el ritual", dijo. "No si ya esta a mitad del manino por mar para cuando termine el ritual".

Esta vez, los ojos de su madre se agrandaron, su piel palideció. Parecía darse cuenta ahora de que él estaba planteando seriamente esto.

"Llew Tu ... no podrias", dijo en voz baja. "Están esperando una muchacha. Les prometieron un Arefol. Si no la entregas ... "

"Sé lo que van a hacerme", dijo Llewellyn con aplomo en su voz. "Estoy dispuesto a asumir ese riesgo".

Su madre lo miró fijamente, sus ojos se endurecieron con cada momento que pasaba.

"Entiendo", dijo ella. "Y, supongo que estás dispuesto a a que pase por el dolor de perder a mis dos hijos en una semana?"

Llewellyn una vez más desvió la mirada de su madre. La verdad era que había pensado en eso. Recordó las lágrimas de su madre después de la muerte de Owain. Se sentían peor que sus lágrimas después de la muerte de su padre. Tal vez porque había tenido tiempo de mentalizarse, de prepararse para muerte de su padre. Pero, con Owain ...

Era innegable que el grito de su madre emitió cuando su hermano cayó por esa ventana todavía lo perseguía cada vez que cerraba los ojos. Él sabía que ese recuerdo siempre estaría con el. De todos modos, no podía permitir que Alana pagara el precio por ello.

"No hay otra manera, mamá", dijo.

"Te lo advertí", dijo ella con amargura. "Te advertí que no permitieras que tu pasión por esa muchacha nublara tu juicio y eso es exactamente lo que te ha hecho".

"¿Preferirías que ella muriera?" Preguntó Llewellyn. "¿Preferirías que tuviera más sangre en mis manos?"

"Preferiría que pusieras las necesidades de tu familia por encima de las tuyas", dijo.

Llewellyn abrió la boca para responder, pero lo pensó mejor asi que se contuvo. Discutir con su madre no le haría bien a nadie. Él no cambiaría de opinión y, sabía que ella no cambiaría la de ella

"Madre", dijo tan gentilmente como le fue posible. "Voy a sacarla. No importa lo que digas. No te estoy pidiendo que te involucres. Todo lo que necesito es que me prometas que no se lo dirás a los demás ".

Sus ojos, tan verdes como los suyos, brillaban mientras sus pálidos labios permanecían cerrados en un ceño fruncido.

"Como si eso los forzara a tener que matarte mas rapido", dijo. "Puedes tener mi promesa de que no les diré nada".

Llewellyn asintió levemente con su cabeza cuando su madre se apartó de él y dirigió su mirada a la ventana que daba a un prado llano, a la sombra del monte Snowdon en la distancia.

Pudo percatarse que esa era la señal de su madre para decirle que la conversación había terminado, apunto su cuerpo hacia la puerta y salió de la habitación.

Ahora, todo lo que quedaba por hacer era lo que hace tan solo una semana parecía impensable. Tenía que enviar a Alana lejos. Y con ella, despedirse de cualquier esperanza que su clan él o tuvieran algún futuro.

Capítulo Dos

Alana miró por la ventana esa mañana, como había hecho todas las mañanas desde aquella noche.

Aunque Llew había reabastecido su pequeña biblioteca que había sido destruida, encontró que los libros ya no despertaban el mismo interés. Tampoco, al parecer, podía despertarlo el castillo en ruinas o los grandes acantilados verdes que lo rodeaban.

Cuando miró por la ventana, miró hacia abajo a la hiedra oscura donde aquel cuerpo había caído hace apenas una semana. Ella miró fijamente el parche de hiedra aplastada, como si su mirada pudiera retroceder el tiempo y hacer que fuera lo que era antes, lo que era hace una semana. Un parche ordinario de hiedra en medio de una docena de otros.

Tal vez si lo miraba lo suficiente, si lo transformaba en su mente, todo lo demás también cambiaría. Tal vez no continuaría viendo la cara de Owain pululando en sus recuerdos cuando ella cuando cierra los ojos. Tal vez ella no se estremecería ante el recuerdo de su mano , sin ser invitada, trataba de imponerse y entrar en el cuerpo en ella.

Tal vez, solo tal vez, si ella borraba todo el evento de su mente, Llewellyn volvería a ella. Tal vez él la tomaria en sus brazos y le diria que ella seguiría siendo suya, sin importar lo que hubiera pasado.

Ella no lo había visto desde el día siguiente al evento. Él había venido a su habitación para asegurarse de que ella estaba bien. Cuando ella le aseguró que estaba bien, él se fue. Y eso fue todo.

Por supuesto, se dijo a sí misma, él tenia que cuidar a su madre, estar para ella. Incluso ella le había dicho que esa debería ser su primera prioridad. Era natural que el hubiera escuchado su consejo.

Pero ahora, era el día de la coronación. Y, todavía no tenía idea de cómo estaba su relación con Llew. Si su papel hubiera cambiado. Y, si hubiera cambiado, cuál podría ser su nuevo papel.

Estando ausente de todo, pasó su mano por el alféizar de la ventana y alejo sus ojos del parche de hiedra. Buscó con la mirada las grandes piedras en pie en medio del castillo en ruinas y pensó en el ritual.

Se suponía que Llewellyn tomaría una compañera esta noche. Ahora, dado lo que había sucedido, ella no tenía idea si él lo haría. Tal vez el ritual ni siquiera ocurriría.

De cualquier manera, ella necesitaba a Llewellyn ahí con ella. Si las cosas habian cambiado ... si él ya no la deseaba mas ... ella necesitaba escucharlo de sus labios.

Alana se sobresaltó cuando la puerta de su habitación se abrió. Se dio la vuelta y sus ojos se abrieron de par en par al ver a Llewellyn caminando hacia ella como si sus pensamientos lo hubieran convocado.

No le regalo ningún saludo, pero traía consigo una gran maleta marrón la cual arrojó apresuradamente sobre la cama.

"Llew, qué ..."

"Debes marcharte", dijo.

Ella podía sentir como su corazón se hundía en su pecho, como la sangre se drenaba de su cara, sentir como su piel se helaba.

"¿Marcharme?" Preguntó ella sin aliento.

"Esta tarde. Te colarás por las escaleras traseras hacia la cocina a las tres en punto. No habrá nadie allí que pueda verte."

Sin regarlarle siquiera una mirada, se dirigio apresuradamente hacia su guardarropa y colocó un montón de ropa en la cama. Ella se acerco lentamente hacia él.

"Pero ... pero ¿qué pasa con la ceremonia?", Preguntó.

"No tienes que preocuparte por eso", dijo. "Yo me encargare de eso. Tienes que salir ".

"Tú ... dijiste que me encontrarían sin importar a dónde fuera", dijo ella, esperando que este argumento pudiera detener lo que estaba haciendo. No fue así, continuó moviéndose frenéticamente por la habitación, colocando las cosas en su cama para que ella pudiera organizarlas en la maleta grande.

"El clan puede viajar a través del mar", dijo. "Te he comprado un boleto de ida a Nueva York. Alla deberías estar a salvo.

Ella lo miró haciendo todo lo posible por pensar en algún otro argumento. Alguna razón lógica que haría lógico y hasta obligatorio que se quedara. No le quedaba nada ni nadie en el resto del mundo, de eso estaba segura. No importaba a que parte del mundo se marchara, nunca podría llamar hogar a otro sitio. No mientras Llewellyn, su forma de ser e incluso el castillo en ruinas todavía exista en su mente.

"¿Qué pasa si te digo que no", le dijo ella. "¿Qué pasa si te digo que no me quiero ir?"

La firme conviccion en su voz hizo que Llew se detuviera frente a la cama. Puso ambas manos al lado de la maleta y la miró como si esperara que pudiera proporcionarle algo de consuelo.

"Tienes que hacerlo, Alana", dijo desconsolado.

"No, no lo hare", dijo ella caminando hacia él, llena de seguridad. "Te dije que quiero ser tu compañera. Y lo dije en serio.

Ella le tocó el brazo con suavidad y luego la mejilla, lo que le obligó a mirar sus ojos azules.

El no había visto esos hermosos ojos en casi una semana. Ahora que los miró, se dio cuenta de lo mucho que la había extrañado. Su corazón comenzó a saltar dentro de su pecho cuando ella se acercó más a él.

"No me importa lo que los demás piensen, lo que los demás opinen", dijo. "No voy a ninguna parte."

Con eso, ella cerró la brecha entre ellos y puso sus labios desesperadamente en los de él. Le tomó toda la fuerza de voluntad que poseía para alejarla.

"Alana", dijo. "Te matarán".

Sus ojos se agrandaron de miedo y su rostro palideció como quien ha visto un fantasma cuando dio un paso atrás.

"Los miembros del clan reclamaron tu sangre tan pronto como escucharon lo que pasó", le dijo. "Si no te vas … si te presentas en ese ritual esta noche … no saldrás con vida".

Se quedó muy quieta junto a la ventana. El podía ver el rojo formándose en las esquinas de sus ojos, las lagrimas acumulandose dentro de ellos, amenazando con caer irremediablemente sobre sus mejillas.

Contra su buen juicio, contra su fuerza de voluntad, caminó hacia ella y le tomó sus manos.

"Créeme", dijo, tratando de consolarla. "Esta es la única manera."

Dos lágrimas cayeron por sus mejillas cuando él abrió la palma de su mano, se la llevó a los labios y le dio un último beso desesperado.

Alana solo tuvo un segundo para saborear esta despedida antes de que él soltara sus dos manos y saliera marchando rápidamente por la puerta como si estuviera avergonzado de sí mismo.

Se quedó allí un rato largo, mirando el espacio entre la puerta por donde había salido Llew y la maleta abierta en su cama.

Lentamente, se enjugó las lágrimas de los ojos con los puños, se dirigió a la maleta abierta y comenzó a empacar.

Capítulo Tres

Exactamente a las 3 en punto, Alana se movio por las oscuras escaleras tan sigilosamente como pudo. Las escaleras traseras eran mucho mas angostas que las que estaban en el ala principal de la mansion que terminaban en su cuarto. Era una tarea ardua poder moverse silencionsamente por esas escaleras mientras cargaba una maleta.

Ella finalmente logro llegar a la puerta al final de las escaleras y girar el pomo, abriendela. La puerta revelo una gran cocina, de aspecto impecable con un horno para quemar leña y dos estufas.

Alana exploro con la mirada la habitación hasta que, finalmente, encontró la puerta trasera , la puerta por la cual Llew le había ordenado que saliera. Tan rápido como pudo, se dirigió hacia ella.

"Tenia un presentimiento que te enviaría por la parte de atrás".

Alana dejó escapar un pequeño grito sobresaltada al oír la voz de la mujer. Lentamente, se dio la vuelta para ver a una mujer alta que se dirigía hacia ella un pasillo en el extremo más alejado de la cocina.

Podia deducir, por el largo cabello rubio mezclado con el gris y esos brillantes ojos verdes, que esta era la madre de Llew. También sabía lo que Llew decía sobre el clan, reclamando la sangre de Alana. Quizás su madre era parte de todo eso.

Alana puso su espalda rapidamente hacia la puerta, sosteniendo su maleta contra ella como un escudo.

"No hay necesidad de tenerme miedo", dijo la mujer alta. "No te haré daño. Pero necesito hablar contigo rápidamente. El tiempo apremia".

"¿Tiempo para qué?" Alana preguntó bajando lentamente su estuche, sus ojos aún se estrecharon escépticamente.
"El ritual comenzará después del atardecer", dijo la Sra. Couch. "El clan está esperando que una chica Arefol esté allí. No les importa si te matan por la muerte de Owain o si eres un consorte. De cualquier manera, debes estar allí".

"Llew dijo ..."

"Llew está dispuesta a aceptar el castigo por ti", dijo.

"¿El castigo?" Preguntó Alana. Sintió que su corazón comenzaba a latir rápidamente, mientras comenzaba a comprender lo que eso podría significar.

"Lo matarán si no estás allí", dijo la mujer.

Alana sintió que sus piernas comenzaban a colapsar debajo de ella. Puso su mano en la pared de la cocina para apoyarse y no irse de bruces.

"Sé que él solo quiere protegerte", continuó la Sra. Couch. "Sé todo lo que significas para él, pero ...no puedo ... no perderé a mis dos hijos".

Alana miró al suelo tratando de ganar tiempo y pensar en una respuesta, en algo que ella pudiera decir que le daria sentido a toda esta locura. Todavía era demasiado para procesar.

"La verdad es", continuó la señora Couch. "Si entras en ese círculo esta noche, no tengo idea de lo que te sucederá. Puedes ser asesinada, podrías ser entregado al clan como consorte, o Llewellyn podría ingeniarse alguna forma de salvarte. Pero, de lo que si estoy segura , es de lo que pasará si no estás allí. Sé que mi hijo morirá ".

Alana se humedeció los labios mientras dejaba que las palabras de la señora Couch se asentaran en su mente. Llewellyn estaba consciente de que él moriría si ella no asistía al ritual. Cuando le dijo que se fuera, sabía que el tendría que pagar el precio de sangre por ella. Y, lo peor de todo, estaba plenamente dispuesto a hacerlo.

Ahora, estaba en sus manos la oportunidad de salvarlo. Incluso si eso significaba morir en el proceso, Alana se dio cuenta de que valía la pena correr el riesgo.

Lentamente, levantó la vista del suelo a los ojos de la madre de Llew. Los ojos que se parecían tanto a los de el, y asintió con confianza.

"Está bien", dijo. "Iré a la ceremonia".

Capítulo Cuatro

Alana se vistió y preparo en la habitación de la señora Couch. Era más grande que la habitación de Alana.

La madre de Llew había vestido a Alana con un vestido largo de chiffon blanco con mangas de campana. Una larga y oscura trenza rodeaba su cabello y una corona de flores rojas había sido tejida en ella.

Una vez que la mujer mayor estuvo satisfecha con el resultado, llevó a Alana fuera de la mansión , hacia el castillo en ruinas. A la luz del sol poniente, Alana pudo ver que más de dos docenas de personas ya estaban de pie, reunidas dentro del anillo de piedras.

La señora Couch mantenía a Alana a una distancia prudente . Oculta bajo la sombra de la mansión.

"No olvides", le recordo la señora Couch. "Cuando llegue el momento, caminarás lentamente hacia las piedras que están erguidas. Los miembros del clan te darán paso sin problemas. Cuando llegues al lado de Llewellyn, repite la frase que te he enseñado".

"Wneudgyda mi felbyddwchyn", repitió Alana con torpeza, con esas palabras galesas sintiéndose extrañas y desconocidas dentro de su boca. La madre de Llew le regalo una mirada llena de critica.

"Supongo que eso será suficiente", dijo finalmente. "Cuando comience el canto, dirígete a las piedras erguidas".

Esperaron lo que para Alana se sintio como una eternidad antes de que el sol se pusiera detrás de los acantilados y la luna llena comenzara a salir.

Cuando comenzó el canto, similar a lo que había escuchado en su segundo día en la mansión, pero de alguna forma, totalmente diferente, el corazón de Alana comenzó a latir dentro de su pecho. Los temblores causados por la ansiedad ante la llegada de lo inevitable cubrieron todo su cuerpo y se sintió plantada en ese lugar. De repente, ella no podía moverse.

La madre de Llewellyn le dio un empujón para forzar que sus pies comenzaran a andar. Caminó lentamente hacia su destino, sintiéndose como un inocente cordero que era llevado a la matanza.

Cuando llegó a las piedras verticales, tal como había dicho la señora Crouch, los miembros del clan se apartaron , abriendo camino para ella. Cuando lo hicieron, pudo ver a Llewellyn parado en medio del círculo.

Tan pronto como ella lo vio, su corazón se asentó y calmo su frenética carrera dentro de su pecho. Incluso cuando el rostro de Llew perdió color y sus ojos se ensancharon en shock ante su presencia, ella no vaciló en su decisión.

"Alana, ¿qué estás haciendo?", Susurró él cuando ella lo alcanzó. "Te dije que te marcharas".

Ella no respondió pero le dio una pequeña sonrisa temblorosa, tratando de reconfortarlo. Cuando el canto llegó a su fin, se arrodilló frente a Llew, tal como le habían indicado que hiciera.

"Wneudgyda mi felbyddwchyn".

Una vez que ella pronunció la frase, lo miró con la esperanza de que él leyera lo que estaba escrito en lo profundo de su mirada. Esperando que él se diera cuenta de por qué ella tenía que hacer esto.

Llew la miró fijamente durante un buen rato y Alana sintió que su corazón se aceleraba dentro de su pecho una vez más.

Finalmente, él agarró su mano cariñosamente entre las suyas y la puso de pie. Antes de que ella pudiera entender lo que estaba sucediendo, él la acerco a su boca para darle beso apasionado y lleno de lujuria. Hubo varios gritos y silbidos de los hombres en la multitud. De sus cantos quedó claro que pensaban que Llew tenía la intención de convertirla en su consorte.

Cuando Llew se apartó de Alana de él, ella se paro firme. Ella había prometido que aceptaría cualquier destino que Llew deseara para ella. Ella había hablado en serio. Ella le pertenecía a él, cuerpo y alma, lo que sea que eso quisiera decir.

Respiró hondo cuando Llewellyn se volvió hacia la multitud.

"Ella", les dijo en voz alta y clara, "es mi pareja elegida".

Los silbidos y silbidos se detuvieron inmediatamente. Un tenso y denso silencio cayó sobre la multitud. A pesar de que el corazón de Alana saltaba de alegría por lo que había oído venir de los labios de Llew, escuchó el sonido de susurros llenos de desaprobación de los hombres a su alrededor.

"Ella me pertenece y nadie más tiene derecho a reclamarla", dijo. "Y ahora se los demostraré".

Alana se quedó paralizada cuando Llewellyn se dirigió agresivamente hacia ella. Pudo recordó lo que significaba estar emparejada con él. Lo que ella tendría que hacer.

Tragó saliva y se enderezó una vez más cuando Llewellyn la tomó en sus brazos y la besó con fuerza.

Este beso fue posesivo, calculado y brusco. No había nada cálido, romántico ni amoroso en ello. Aun así, Alana abrió la boca para darle la bienvenida a su lengua. Y aun asi podía sentir al hombre que deseaba detrás de esa tosca fachada.

Se apartó de ella y le susurró al oído.

"No puedo ser amable delante de ellos", dijo. "Necesitan ver que tengo control sobre ti. Necesitan ver que soy un líder. ¿Lo entiendes?"

Él se retiró un poco y pareció esperar hasta que ella asintió con la cabeza "sí".

Él la miró otro momento, con los ojos suaves, y asintió imperceptiblemente antes de dar un paso atrás otra vez. Podía ver que volvia esa fachada dura, cruel y fría ,arrastrándose sobre su rostro una vez más. Y, ella entendió, él estaría jugando un papel para su audiencia. Ella tenía que jugar el suyo también.

"De rodillas", dijo con firmeza.

Alana bajó los ojos e hizo lo que le ordenaban. Vio cómo Llew se desabrochaba lentamente los pantalones y sacaba su miembro largo, aunque todavía delgado por estar medio erecto.

El presiono su miembro viril contra sus labios y, al mirar hacia arriba, ella entendió lo que él quería. Dubitativamente, ella lamió su longitud antes de abarcarlo lentamente con su delicada boca.

Tan pronto como lo hizo, él presionó sus manos en su cabellera y la obligó a chupar y lamer su virilidad hasta que estuvo completamente duro y su miembro se lleno gruesos jugos provenientes de la excitación.

Ella se quedó sin aliento cuando él tiró de su cabello y levantó su cabeza. Mirándolo a los ojos, ella apartó la boca de él y le permitió que la tomara de las manos y la levantara.

"Ahora, desnúdate", dijo. "Lentamente, para que pueda verte."

Ella pudo ver a la multitud, que ahora murmuraba sorprendida entre sí y, de repente, se quedo inmóvil. Nunca antes se había desnudado frente a otra persona, ni siquiera delante de las mujeres. No sabía cómo iba a mostrarse desnuda ante una multitud de más de veinticuatro espectadores, la mayoría hombres.

Ella perdió el aliento cuando una mano la agarró bruscamente por la muñeca , girándola. Llewellyn se la acercó, con los ojos llenos de fiereza.

"¿Quieres hacerme enojar?", Preguntó.

"N-no señor", dijo tímidamente.

"Entonces mas te vale que hagas lo que te ordeno", le soltó la muñeca y la empujó hasta la mitad del círculo. Ella lo miró y pudo ver en Llew una mirada mas suave. Podía ver caer la fachada.

Manteniendo sus ojos fijos en los de él, lentamente estiro su brazo y desató el broche de su vestido. Con la misma lentitud, se quitó el vestido de los hombros y dejó que se deslizara sobre sus caderas mientras la gravedad lo dajaba caer al suelo.

Llewellyn se acariciaba, dándose placer casi tan lentamente como se ella se desnudó. Perezosamente pasaba una mano por su miembro mientras sus ojos recorrían cada centímetro de la suave y bronceada piel de la muchacha.

Cuando Alana por fin se deshizo de su sostén y las bragas, se estremeció ante la ligera brisa que beso su piel, muy consciente de que estaba completamente desnuda, completamente vulnerable frente a estos hombres.

"Ven a mí", dijo Llewellyn torciendo su dedo y llamándola.

Él tomó su mano y la llevó una parte detrás del círculo, donde estaba una áspera silla tallada en roca. Llewellyn se sentó en este trono y, una vez más, le hizo señas a Alana. Ella se acercó a él y se quedó a su lado.

Agarró su cintura y forzó su boca sobre la de él una vez más para besarla. Y una vez más, se acerco hacia su oreja.

"No tengas miedo", susurro.

Con eso, la agarró por la cintura y la obligó a apoyarse sobre su rodilla. Su boca se cerró con fuerza sobre su cuello mientras chupaba y mordía su carne. Sus manos apenas en enfocaron en sus senos antes de moverse hacia la entrepierna de la muchacha.

Ella gritó cuando sus dedos encontraron su clítoris y comenzó a rodearlo una y otra vez, llevándola al borde del éxtasis para luego retroceder.

"¿A quién perteneces?", Preguntó Llewellyn en voz tan alta que la multitud, que aun observaba perpleja, podía oír. La tocó de nuevo justo donde ella quería ser tocada, donde necesitaba ser tocada.

"A...A..A ti", dijo ella desesperadamente entre jadeos. "Te pertenezco."

"¿Alguna vez pertenecerás a alguien más?", Preguntó viéndola directamente. Antes de que ella pudiera responder, él tomó dos dedos y los empujó bruscamente dentro de ella.

"N.. No. A nadie más ", exclamo sumida en el extasis. Sus dedos se movieron dentro de ella y ella gritó de nuevo cuando él logro alcanzar todo su deseo.

"¡Oh, Dios!", Dijo ella. Tan pronto como ella lo hizo, él le quitó los dedos y ella dejo salir un gemido de protesta. Pero, antes de que su corazón pudiera calmarse y hundirse en decepción, él la jaló bruscamente hacia él y se movió debajo de ella.

Antes de que ella pudiera prepararse, él empujó dentro de ella su virilidad, con toda la fuerza que tenía.

Ella gritó, primero en el dolor. Ese objeto extraño que se movía contra ella causó una sensación de puñalada en lugares que ni siquiera sabía que tenía.

De repente, extendió un brazo para cubrir su pecho y, brevemente, dejó de moverse.

"Relájate", dijo. "Sólo soy yo. Estoy aquí. No te haré daño".

Respirando profundamente, ella giró su cuello para mirarlo. Sus ojos eran suaves y comprensivos otra vez. Suavemente, ella asintió con la cabeza, mostrando su comprensión.

Tan pronto como ella lo hizo, sus ojos se endurecieron una vez más y comenzó a empujar con fuerza hacia ella. Respiró hondo y, por primera vez, sintió un increíble e indescriptible placer que yacía escondido detrás del dolor.

Llewellyn estaba dentro de ella. Él era parte de ella. Ese solo pensamiento causó que su humedad inundara y fluyera hacia su centro, aliviando las arremetidas de su amante. Cuando él tomó su brazo y la envolvió alrededor de la cintura, ella se quedó sin aliento cuando él comenzó, una vez más, a usar su mano para estimular su clítoris.

"Una vez más, mi pequeño Arefol", dijo. "¿A quién perteneces?"

La presión que crecía dentro de ella por sus poderosos empujes mezclados con las picaras estimulaciones en su clítoris eran casi suficiente para dejarla sin palabras. Entonces, ella dejó escapar un grito cuando la mano libre de Llew golpeó contra su trasero.

"Respóndeme," gruñó. "¿A quién perteneces?"

"Te pertenezco", dijo casi sin aliento. "Siempre te perteneceré".

"Bien", Ronroneó. "Ahora ven, acaba, córrete por mí, mi pequeña y encantadora Arefol".

Con otro movimiento de su dedo contra su clítoris y un fuerte empuje dentro de ella, el orgasmo de Alana finalmente llego, mientras ella, gritando y jadeando, hacia sonidos que no sabía que podía hacer.

Él la siguió al climax poco después , apretándola rápidamente contra su pecho desnudo, maldiciendo en su oído.

Cuando el terminó, la mantuvo allí por varios momentos. Ella escuchó su respiración y sintió que se sincronizaba a tiempo con la suya. Finalmente, le dio un beso en el cuello y movió los labios a su oreja.

"Te amo", le susurró.

Alana no tuvo oportunidad de responder antes de que la apartara de él, doblara su miembro de nuevo en sus pantalones y se moviera hacia el centro del círculo una vez más.

"Ustedes son testigos", dijo. "He hecha mía a mi pareja. Ella es mía y yo soy suyo.

Hubo silencio dentro del grupo, un tiempo de espera que pareció una eternidad. Alana temió por un momento que no hubiera sido suficiente. Que el clan exigiría que ambos murieran.

Entonces, desde de algún lugar cerca de su espalda, una voz gritó.

"¡Ella es tuya para siempre!"

Más voces comenzaron lentamente a repetir el mismo mantra. Alana miró a Llewellyn, quien, aparentemente satisfecho, le sonrió.

Luego, rápidamente, él movió sus manos debajo de ella y la levantó en sus brazos como si fuera una novia de camino a su suite de luna de miel.
El grupo se calló cuando salieron de la misma manera en que Alana había entrado. Cuando salió del círculo, pudo escuchar un fuerte grito de júbilo y, pronto, las voces y la música de risa los acompañaron.

De alguna manera, lo habían logrado. Llewellyn había confirmado su autoridad. Su lugar como el líder del clan nunca sería cuestionado de nuevo.

La llevó cargada por las escaleras hasta que llegaron a su dormitorio. Una vez allí, la dejó suavemente, su forma desnuda yaciendo seductoramente contra las sábanas de satén.

"¿Lo hice bien?", Preguntó con una sonrisa juguetona en la cara.

"Estuviste perfecta ", dijo con suavidad. "Ellos quedaron prendidos de ti de inmediato".

"¿Cómo lo sabes?" Preguntó ella.

"Porque no intentaron matarte", dijo. "Estaba claro tan pronto como entraste, casi todos los hombres en ese círculo te querían poseer. Todos los pensamientos de derramar tu sangre en represalia por la muerte de Owain desaparecieron en el momento en que te vieron ".

"Apuesto a que no estaban muy contentos cuando descubrieron que no me podrían hacer suya", dijo.

"Ellos tendrán que vivir con eso", dijo. "Si no …pues ellos saben cuales son las consecuencias de retar al líder del clan".

Se inclinó y, una vez más, besó sus labios. Mirándola ahora, tendida, extendida para el, desnuda y vulnerable, apenas podía creer que ella fuera suya. Que esta hermosa mujer no pertenecería a nadie más que a él de ahora en adelante.

"Entonces, ¿qué sigue?", Preguntó Alana picaramente.
"Ahora", dijo Llew quitándose los pantalones y uniéndose a ella en la cama. "Me toca poseer a mi esposa sin una audiencia".

"Me parece bien", dijo con una sonrisa.

Y, mientras su marido se movía contra ella. Mientras besaba, tocaba y adoraba cada centímetro de su cuerpo, Alana sabía que, por fin, había encontrado su hogar.